Vente du 13 Décembre 1862

OBJETS D'ART

DE LA CHINE & DU JAPON

PERLES FINES

Mᵉ Ch. PILLET, Commissaire-Priseur

MM. MANNHEIM, Experts

Paris. Imp. PILLET FILS AÎNÉ, rue des Grands-Augustins, 5.

CATALOGUE

D'OBJETS D'ART

ET DE CURIOSITÉ

DE LA CHINE & DU JAPON

BELLES PERLES D'ORIENT

Brûle-Parfums, Coupes, Poignard, Couteaux,
Figurines, Plaques, etc., en jade de diverses nuances, en aventurine et en pierre de lard ;
Bronzes anciens, tels que Brûle-Parfums, Flambeaux, Vases, Cornets, etc.;
Beaux Vases, Plats, Bols, etc., en ancienne porcelaine de Chine ;
Tasses japonaises en porcelaine dite coquille d'œuf ;
Beaux Vases et Boîtes en laque rouge de Pékin ; Emaux cloisonnés ; Sabres japonais ;
Encre de Chine ; Belles Robes de soie richement brodées ;
Etoffes et Objets divers ;
Belle Tapisserie des Gobelins, à sujets chinois, style Louis XIV, tissée en soie ;

Quantité de ces pièces proviennent du palais d'été et portent le Dragon impérial à cinq griffes

DONT LA VENTE AURA LIEU

HOTEL DROUOT, SALLE N° 4

AU PREMIER

Le Samedi 13 Décembre 1862

A UNE HEURE.

———⦿———

Par le ministère de M⁰ **CHARLES PILLET**, Commissaire-Priseur,
rue de Choiseul, 11,

Assisté de **MM. MANNHEIM**, Experts, rue de la Paix, 10

Chez lesquels se distribue le présent Catalogue.

———⦿———

EXPOSITION PUBLIQUE

Le Vendredi 12 Décembre 1862, de une heure à cinq heures.

CONDITIONS DE LA VENTE

Elle sera faite au comptant.

Les acquéreurs payeront, en sus des adjudications, *cinq pour cent,* applicables aux frais.

Paris. Imprimerie PILLET FILS AÎNÉ, rue des Grands-Augustins. 5.

DÉSIGNATION

DES OBJETS

Perles d'Orient

1 — Une masse de mille perles d'Orient, dans un sachet chinois de satin bleu clair, doublé extérieurement de satin violet.

2 — Une petite masse de deux cent dix perles d'Orient, plus fortes.

3 — Soixante jolies perles d'Orient, plus fortes, en quatre rangs, dans un sachet chinois de satin bleu clair, doublé de satin violet.

4 — Cent quatre-vingt-douze jolies perles d'Orient, plus fortes que celles qui précèdent, en seize rangs, dans un sachet analogue.

5 — Quarante-huit perles d'Orient, plus fortes encore, en quatre rangs, et dans un sachet.

6 — Cinquante-deux très-jolies perles d'Orient, plus fortes, en quatre rangs, et montées dans deux sachets.

Matières précieuses

7 — Jade blanc. Coupe ronde en forme de fleur, entourée de branchages, de feuilles et de fleurs dans lesquels se jouent des volatiles divers ; le tout repercé à jour et pris dans la masse.

8 — Jade blanc. Autre coupe de même forme, entourée, comme celle qui précède, de branchages et de fleurs, mais sans volatiles. Ces deux pièces peuvent se faire pendant.

9 — Jade blanc. Coupe ronde en forme de tasse, dont l'anse présente deux animaux chimériques et des branchages en ronde-bosse repercés à jour.

10 — Jade blanc. Très-jolie coupe de forme octogone, à deux anses formées par des dragons chimériques en ronde-bosse et repercés à jour.

11 — **Jade** blanc. Charmante petite coupe ovale, à bordure
finement gravée et à une anse formée par une tête de
dragon chimérique.

12 — Jade blanc. Coupe de forme octogone, à deux anses car-
rées et dragons chimériques, dont les corps viennent
orner la panse de la coupe.

13 — Jade blanc. Couvercle de cassolette ou de brûle-parfums, de forme allongée, surélevée et à quatre lobes ;
son ornementation se compose : d'un dragon chimérique, de chauve-souris voltigeant, de vagues, etc.;
le tout pris dans la masse et repercé à jour.

14 — Jade blanc. Très-belle plaque ronde, ornée de dragons,
de fleurs et de branchages, le tout finement sculpté
et repercé à jour.

15 — Jade blanc. Jolie coupe ronde, finement gravée, à fleurs
et oiseaux.

16 — Jade blanc verdâtre. Plaque d'écran, de forme carrée,
présentant un paysage montagneux enrichi de personnages.

17 — Jade blanc verdâtre. Pipe à opium, à tuyau droit
tourné.

18 — Jade blanc. Bouton formé de branchages, de fleurs et
d'oiseaux, entièrement repercés à jour.

19 — Jade gris. Petite coupe ovale reposant sur trois pieds et à anse repercée à jour; la panse est ornée d'une frise gravée.

20 — Jade gris. Petite coupe ronde à deux anses prises dans la masse.

21 — Jade blanc veiné de rouge. Groupe de trois animaux couchés.

22 — Jade vert. Sceptre formé d'une branche, de branchages et de feuilles.

23 — Jade vert. Petite boîte de forme sphérique aplatie; le couvercle gravé à ornements.

24 — Jade vert. Poignard dont la poignée, en jade, est ornée de féuillages en relief. Le fourreau, en cuir rouge, est garni d'ornements en cuivre doré et gravé à fleurs et feuillages.

25 — Jade blanc. Petit couteau à manche de jade uni et fourreau en bois sculpté.

26 — Lapis. Trente jolies perles de lapis montées en trois rangs, sur une carte garnie de soie blanche. Plusieurs cartes semblables seront vendues séparément.

27 — Aventurine. Charmant petit couteau et sa gaîne en aventurine; il est garni d'anneaux et d'un petit dragon en or.

28 — Jade blanc. Trois petites pièces : nœud repercé à jour, bouton formé de branchages et d'oiseaux, et petit mandarin.

29 — Pierre de lard. Brûle-parfums de forme sphérique, à
deux anses têtes d'éléphants et reposant sur trois
pieds.

30 — Pierre de lard. Pièces diverses parmi lesquelles une
divinité chinoise debout.

Porcelaines

31 — Grande et très-belle gourde en ancienne porcelaine de
Chine, formée de trois parties distinctes : 1° La partie inférieure, de forme ovoïde, décorée en noir uni
et portant encore des traces d'un décor d'or; 2° la
partie médiane, de forme sphérique, décorée de
chiens de Fo et de rosaces, émaillés en couleurs sur
fond blanc, et 3° la partie supérieure en forme de
lagène, décorée, comme la partie inférieure, en noir
uni avec traces de dorure.

Cette pièce, remarquable par la diversité des décors de ses différentes parties, provient du palais
d'été, et mérite de fixer l'attention de MM. les ama-
teurs. Haut., 72 cent.

32 — Deux petits vases de forme cylindrique et à couvercles,
en céladon blanc, décorés de dragons (dragon impérial
à cinq griffes) se jouant au milieu de branchages et
de fleurs, le tout en rouge de cuivre et en bleu. Haut.
totale, 28 cent.

33 — Joli vase de forme ovoïde allongée, en ancienne porcelaine de Chine, décorée de médaillons à paysages et
figures, et enrichie de belles bordures à fleurs et
feuillages; le tout émaillé en couleurs sur fond blanc.
Haut., 35 cent.

34 — Petit vase à couvercle, modèle dit pot à tabac, en ancienne porcelaine de Chine décorée de divers personnages finement émaillés en couleurs sur fond blanc.

35 — Deux vases forme balustre à deux anses têtes d'éléphant,
en céladon vert d'eau, gaufré au dragon impérial à
cinq griffes, nuages et bordures. Haut., 30 cent.

36 — Grande et belle bouteille à deux anses et portant sur la
panse des dragons en relief décorés en bleu ; le reste
du vase est orné de fleurs et de branchages décorés
en rouge sur fond blanc. Haut., 60 cent.

37 — Grand vase en forme de gourde à gorge évasée, en
porcelaine de Chine décorée de figures et d'ornements
divers en bleu sur fond blanc. Haut., 56 cent.

38 — Grand et beau vase en forme de balustre carré et à deux
anses, en porcelaine de Chine décorée de fleurs et
d'ornements en bleu sur fond blanc. Haut., 50 cent.

39 — Petit vase en forme de bouteille, décoré de fleurs en
rouge sur fond blanc.

40 — Deux charmantes petites théières en ancienne porcelaine de Chine, fond bleu de Perse et décors d'oiseaux et ornements divers en or.

41 — Deux vases forme gourde, décorés de fleurs et de fruits en couleurs sur fond émaillé bleu-clair. Ils portent en relief, sur la panse, une draperie décorée en rouge. Haut., 34 cent.

42 — Deux grandes théières de forme cylindrique, à anse. goulot et couvercle, en porcelaine de Chine à décor imitant le bois d'acajou et à bandes dorées. Haut.. 45 cent.

43 — Grand et beau plat en ancienne porcelaine de Chine, fond bleu lapis et à décor de personnages en or. Diam., 55 cent.

44 — Grande plaque d'écran en ancienne porcelaine de Chine, décorée d'oiseaux et de branchages finement peints et émaillés sur fond blanc.

45 — Très-petit vase en forme de balustre, en porcelaine de Chine jaspée de bleu-clair.

46 — Petit vase en porcelaine de Chine, fond blanc à décor de fleurs en rouge de cuivre.

47 — Deux flambeaux en porcelaine de Chine, formés d'éléphants supportant les bobèches.

48 — Porte-allumettes en forme de vase plat à décors de fleurs et ornements divers émaillés.

49 — Deux plateaux en forme de feuilles émaillées en vert uni et à fleurs et boutons en relief décorés en rose.

50 — Deux bols et leurs plateaux en porcelaine de Chine fond blanc, médaillon à ornements dorés et bordures variées décorées en rouge.

51 — Bol en porcelaine de Chine, entièrement couvert de dragons à cinq griffes émaillés de diverses couleurs, se jouant dans les flots.

Pièce remarquable par la finesse de son exécution

52 — Autre bol richement orné de personnages dans des paysages ; le tout finement peint et émaillé.

53-59 — Quantité de vases, bols, plateaux, etc., en porcelaine de Chine et du Japon, qui seront vendus séparément ou par lots.

60-64 — Quantité de petites tasses en porcelaine dite coquille d'œuf, à décors divers, dont quelques-unes à tortues mouvante à l'intérieur. Ce lot sera divisé.

Laques

65 — Laque rouge de Pékin. Deux très-jolis vases à deux anses, entièrement couverts de fleurs et d'ornements divers en relief.

66 — Laque rouge de Pékin. Deux jolies boîtes à personnages, fleurs et ornements divers en relief sur fond vert. Elles seront vendues séparément.

67 — Deux petits écrans en laque noir, burgautés à sujets de paysages ornés de figures, dans leurs montures en bois sculpté.

68 — Ecritoire en laque noir et dessins dorés.

69 — Plateau carré à décors d'or sur fond rouge.

70 — Deux porte-cigares en laque noir et décors d'or en relief.

Bronzes

71 — Brûle-parfums reposant sur trois pieds et à anses à têtes et trompes d'éléphant; le couvercle, à fleurs repercées à jour, est surmonté d'un éléphant richement caparaçonné. Bronze chinois muni d'une bonne patine, enrichi de pierres fausses.

72 — Deux cornets à ornements et arêtes en relief, reposant sur des aninaux chimériques, formant brûle-parfums. Haut., 30 cent.

73 — Deux flambeaux formés par des figurines d'hommes debout reposant sur des socles de forme hexagone. A leurs pieds se trouve un chien de Fo. Haut., 33 cent.

74 — Deux cassolettes formées par deux figurines de femmes assises sur des animaux chimériques. Haut., 30 cent.

75 — Deux autres cassolettes formées chacune d'un canard reposant sur des socles ronds repercés à jour. Haut., 27 cent.

76 — Petite jardinière de forme carrée, à coins arrondis et à deux anses à anneaux mouvants. La panse est ornée d'animaux chimériques en relief.

77 — Brûle-parfums formé d'une chimère assise sur laquelle s'en trouve une autre, plus petite.

78 — Cassolette en bronze de forme sphérique aplatie, à gorge droite; elle repose sur trois pieds à têtes chimériques et deux anses surélevées garnissent sa gorge.

79 — Petit vase en forme de bouteille hexagone à ornements très-fins en relief.

80 — Cassolette de forme ovale en bronze à filets incrustés d'argent et à deux anses têtes d'éléphant.

81 — Garniture de cinq pièces en bronze, dont deux flambeaux, deux petits vases et un petit brûle-parfums; le tout enrichi d'ornements en relief et muni d'une belle patine. Travail japonais. Ce lot pourra être divisé.

82 — Très-petite cassolette à fleurs et ornements en relief; le couvercle surmonté d'une chimère. Travail japonais.

83 — Petit brûle-parfums de forme hexagone, reposant sur quatre petits pieds découpés, et petit vase à deux anses à ornements en relief.

84 — Coupe en forme de fleur à branchage en relief lui tenant lieu de pied.

85 — Deux pièces : divinité chinoise debout et petite chimère sur base carrée.

Objets divers

86 — Émail cloisonné. Joli petit brûle-parfums de forme ronde, reposant sur trois pieds, et à deux anses surélevées; le tout émaillé de fleurs en couleurs sur fond bleu turquoise.

87 — Émail cloisonné. Deux petites boîtes de forme sphérique aplatie, émaillées de fleurs variées de couleurs sur fond bleu turquoise.

88 — Quatre jolis petits plateaux carrés à angles rentrants, en émail de Chine fond blanc et décors de personnages en couleurs.

89 — Miroir métallique à arbustes et oiseaux en relief au re-
vers. Il est accompagné de sa boîte-enveloppe.

90 — Coupe-papier en ivoire sculpté et repercé à jour.

91 — Porte-cartes en ivoire, à paysage sculpté en relief.

92-93 — Deux sabres japonais à fourreaux laqués et poignées
enrichies d'ornements en relief en bronze.

94 — Boîte renfermant quatre très-beaux morceaux d'encre
de Chine, ornés de paysages et d'inscriptions. L'un
d'eux porte le dragon impérial.

95 — Trois petites trousses chinoises, qui seront vendues séparément.

Etoffes et Tapisserie

96 — Très-belle robe en satin violet, richement brodée en
soie de couleurs et doublée de satin bleu clair.

97 — Robe de chambre en damas de soie, bleu sur bleu, à
médaillons au dragon impérial à cinq griffes ; elle est
doublée en astrakan blanc.

98 — Robe de femme en satin bleu clair, à fleurs brodées en
soie et à bordures très-riches ; elle est accompagnée
de sa jupe de soie rouge.

99 — Robe en tissu léger violet, à broderies d'or, et portant
le dragon impérial à cinq griffes.

100 — Robe non faite, en tissu léger gros bleu, enrichi de
broderies en soies de couleurs et or, et portant le dragon impérial à cinq griffes.

101 — Morceau de satin rouge richement brodé en soie et portant en or deux larges caractères chinois.

102 — Morceau de satin rouge à médaillons au dragon impérial à cinq griffes brodés en or.

103 — Deux pièces de foulards, l'une, rouge, de cinq mètres ;
l'autre écrue, de sept mètres.

104 — Belle tapisserie des Gobelins, tissée en soie ; sujet cham-
pêtre chinois dans le style du temps de Louis XIV ;
elle porte le blason de France et de Navarre, et provient du palais d'été.

RED. :

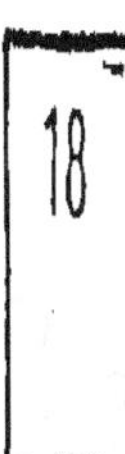

18

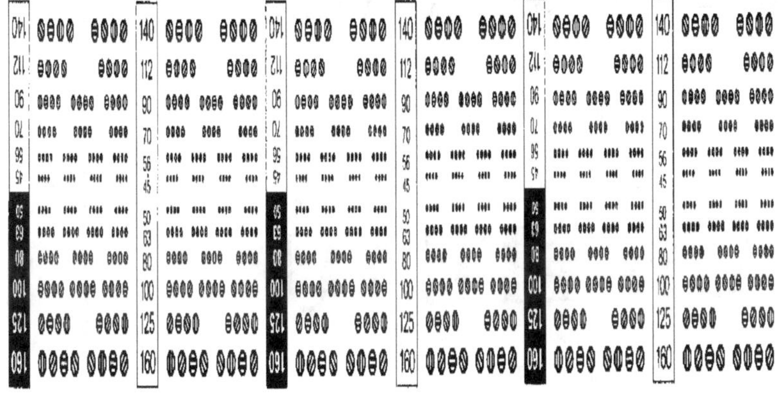

MIRE ISO N° 1
NF Z 43-007
AFNOR
Cedex 7 - 92080 PARIS-LA-DÉFENSE
379.89.70
graphicom

0 1 2 3 4 5 6 7 8 9 10

BIBLIOTHEQUE NATIONALE DE FRANCE

****

CHATEAU DE SABLE

1995